2015年11月购于盖亚网

我 想 要 爱

[法]克莱尔·克雷芒／文　[法]卡曼·索列·凡德瑞／图　李英华/译

湖北美术出版社

小熊吉米孤零零地住在山顶上的一个洞穴里。他很小的时候，妈妈就不在了。后来有一天，爸爸对他说："孩子，从现在开始，你要独自生活了。你要相信，靠吃山洞附近的野果，也能活下去的。祝你好运，我的孩子！"说完，爸爸就走了，只留下了一顶帽子给吉米。

吉米一天天在长大。一个春天的早晨，吉米望着一望无际的大草原，看见不远处，山羊妈妈正在温柔地舔着她的小宝宝。对于吉米来说，这真是奇妙的一幕。他忽然觉得心里空空的，仿佛破了一个大洞。他抬起头，对着蓝蓝的天空大叫道："啊……我也好想……有个人来爱我啊！"

吉米戴上帽子，满怀着对爱的渴
望，出发了。
他要去寻找爱！

吉米还不习惯出远门。走了一小时后，他有点累了，就在一块岩石后面坐了下来。

突然，一只老土拨鼠气喘吁吁地从他身旁跑过，一只老鹰紧紧地追赶着她。

吉米冲到老鹰面前，张开大嘴，怒吼一声："嗷——"老鹰害怕了，收起他的爪子，灰溜溜地飞走了。

老土拨鼠感激地看着吉米说："真是个帅小伙啊！这么高大，这么强壮！"为了感谢吉米，她精心准备了一顿美味的饭菜。第二天、第三天……接下来的日子里，老土拨鼠每天都会为吉米做好吃的饭菜。吉米好开心，他和老土拨鼠快乐地生活在了一起。他叫她"小奶奶"，他觉得没有比这更合适的称呼了。

　　天热的时候，小奶奶就用大象耳朵那样宽大的树叶，为吉米扇风，轻轻地，从头到脚，反反复复。当吉米累了的时候，小奶奶就为他洗脚。晚上睡觉前，她还会给吉米讲许多好听的故事。

一天，他们躺在阳光下休息，小奶奶睡着了，再也没有醒过来。吉米一遍又一遍地呼唤着她，摇晃着她的身体，可她仍然像块石头一样，一动也不动。吉米把她抱到一棵大树下面，用树叶轻轻地盖住了她的身体。
　　吉米伤心极了，他从早到晚守护在小奶奶身边，一天又一天，什么也吃不下。

一天晚上，吉米感到身边暖融融的。他睁开一只眼睛，看到一只小兔子正依偎在他身边取暖。到了早上，小兔子就不见了。第二天夜里，小兔子又来了，可是到了早上，他就又溜走了。

　　从此，吉米每天晚上都在期待小兔子的到来，他好喜欢那种柔和温暖的感觉。终于有一天，小兔子留了下来。

吉米叫他"小可爱"，因为他想不出比这更合适的名字了。吉米为小可爱准备了加了花瓣的土豆泥，还用野花煮汤给小可爱喝。为了不让尖尖的岩石划破小可爱细嫩的小脚，吉米总是把小可爱扛在自己的肩膀上走路。吉米努力回忆土拨鼠奶奶给他讲过的故事，然后再把这些故事讲给小可爱听。

小可爱享受着吉米对他的疼爱，渐渐地长胖了，皮毛也变光亮了，明亮的大眼睛里总是闪着幸福的光芒。

可是，有一天，小可爱遇到了一位漂亮的兔妈妈……他跟着兔妈妈走了。

吉米到处去找他，一天又一天，从日出到日落，一直走到了草原边。吉米多么希望能够再见到他的小可爱啊！可是，小可爱再也没有回来。

冬天到了，大雪纷飞。
吉米回到了山洞里，把自己缩成一个圆球，
藏在角落里。他要开始漫长的冬眠了。

春暖花开的时候，吉米醒了过来。他好想念小奶奶和小可爱。他又一次感觉到，自己的心里好像破了一个大大的洞。

他戴上帽子，又一次出发了。

吉米朝着一个从没有去过的山谷走去。

突然，他听到一种可怕的隆隆声。他吃惊地转过身，看到一个巨大的雪团，正飞快地向他滚过来！雪团夹带着连根拔起的大树，冲毁了路上的一切东西。

动物们好奇地跑出来观看。哇，太可怕了！整座山上的雪好像都在往下滚动……

吉米明白，这时候只有他的山洞是最安全的。吉米一边跑，一边大声地向动物们吼叫。动物们看到熊都害怕极了。他们用尽全力奔跑着，想要躲开这个可怕的庞然大物。

　　他们发现了吉米的山洞，都赶紧躲了进去。这时，那些巨大的雪团从他们身旁呼啸而过。

小动物们明白了，是吉米故意用吼声救了大家。他们激动地拥抱他，亲吻他，向他表示感谢。有些小动物甚至围着他追逐打闹。

　　这时，吉米悄悄地对自己说："不知道明天他们还需不需要我。我很强壮，可以保护他们哦……"

　　晚上，小动物们都睡着了，他们发出"呼呼"的呼噜声、轻轻浅浅的呼吸声、细细碎碎的翻身声。听着这些，吉米笑了。他的山洞里从来没有这么热闹过。吉米感到心里的那个破洞也被填满了。他决定叫这些小动物为"小朋友"。

爱，在寻找的旅程中……

王　林（儿童阅读专家）

　　这是一段寻找爱的旅程。

　　故事从封面已经开始，小熊孤苦伶仃的眼神让人爱怜，想要爱而不得的表情让人同情。而翻开扉页，又是热烈的橘黄色和橘红色搭配，暗示出小熊对爱的热烈渴望。

　　小熊吉米的妈妈在他还很小的时候就去世了，爸爸在留给他一顶帽子后，也离家远走。成为孤儿的吉米，戴上爸爸的帽子，开始寻找爱。

　　作者在故事的开头只是简单描述了吉米的遭遇，但简洁的文字却精准地刻画出吉米的心情，"他忽然觉得心里空空的，仿佛破了一个大洞"，那种失落、寂寥、空空荡荡，只有身处当中的人才能体会。读者如果有失去亲人的经历，相信会被这句话拨动心弦。

　　吉米为老土拨鼠吓走了老鹰后，就和土拨鼠——小奶奶相依为命。小奶奶为他烹调食物、扇风、洗脚、说故事，让吉米体会到了爱的阳光。所以，当小奶奶死的时候，吉米难过得什么也吃不下。

　　后来，来了一只小兔子——小可爱，吉米仔细照顾小可爱，就如同小奶奶照顾他一样。可是，当小可爱遇见一只母兔子后，他离开了……

　　冬眠醒来后的吉米，决定戴上帽子，再度出发。有一天，他救了一大群小动物。有了这些"小朋友"的陪伴，他不再感觉心中有个大洞。

　　故事不算新颖，甚至可以根据这个故事铺陈出一部长篇小说。但它给所有大读者和小读者一个启示：爱，要在人生的旅程中不断寻找。就像小熊吉米一样，他先得到了土拨鼠小奶奶的照顾，感觉到了被爱，才逐步具备了爱的能力，去照顾小兔子，拯救其他的小动物，所以只有拥有被别人爱的经验，才有爱别人的能力。就生命的本质而言，每个人都是宇宙中的孤独个体，唯有爱能使个体相互联结、相互温暖。

　　"爱"，对小朋友是一个抽象的字眼，而我们可以借助这个故事向孩子传达爱的观念，教会孩子们去爱。

　　爱是可以教的，当孩子生活在爱的怀抱中时。培养孩子的爱心的最佳途径就是让孩子们感受到被爱，因为爱像个水桶，只有先将水注满，才能倾倒出来。心理学家约翰·戈特曼指出，如果孩子的父母从感情上关心孩子，那么孩子往往容易具有友善、宽容和同情的美德，相反，那些感觉被父母轻视和排斥的孩子，通常具有很强的侵略性。这个故事中的吉米，虽然没有从父母那里感受到爱，但在寻找爱的旅程中却感受到了别人的爱。

　　爱是可以教的，当大人的教育方法得当时。大人可以根据孩子的年龄，通过游戏、讨论、示范等多种方式，帮助孩子界定爱的行为。例如，让孩子了解，爱是关怀、爱是分享、爱是处处为他人着想。从身边的一事一物关注起，让孩子爱的感官更加敏锐，让孩子具备更强的爱的能力。

　　爱是可以教的，当父母和孩子一起阅读像《我想要爱》的故事时。如果父母和孩子能在夜晚柔和的灯光下，一起阅读这样的故事，一起感受童话的美妙，一起思考爱的真谛，我想，此时亲子之间传递的柔柔暖意，一定会和故事中浓浓的爱意汇成一体，给孩子留下深刻的印象。

　　2006年4月，我在杭州绿城育华小学举办"海峡两岸儿童文学与语文教学观摩研讨会"时，首次听到了《我想要爱》这个故事，那是由杭州长寿桥小学的娄屹兰老师执教的一节图画书阅读课，会场洋溢着爱意和诗意，给我也留下了深刻印象。若干年后，那些听了这节课的教师和学生们，还记得这节别致的"爱的教育"课吗？

图书在版编目(CIP)数据

我想要爱 /[法]克莱尔·克雷芒文;[法]卡曼·索列·凡德瑞图;李英华译 . 一武汉：湖北美术出版社，2007.9
（海豚绘本花园系列）
ISBN 978-7-5394-2137-7

Ⅰ.我… Ⅱ.①克…②卡…③李… Ⅲ.动画、连环画一作品一法国一现代 Ⅳ.J238.7

中国版本图书馆CIP数据核字(2007)第109584号
著作权合同登记号：图字17-2007-045

我想要爱

L'ours qui voulait qu'on l'aime

[法]克莱尔·克雷芒 / 文　[法]卡曼·索列·凡德瑞 / 图
李英华 / 译　责任编辑 / 余 杉　刘梦霞
美术编辑 / 王 睿　装帧设计 / 王 中
出版发行 / 湖北人民出版社　经销 / 全国新华书店
印刷 / 深圳市鹰达印刷包装有限公司(15081308)
开本 / 787×1092　1/12　9印张
版次 / 2012年3月第2版第2次印刷
书号 / ISBN 978-7-5394-2137-7
定价 / 30.00元(全三册)

L'ours qui voulait qu'on l'aime©2000 Bayard Éditions Jeunesse
Simplified Chinese copyright© 2007 Dolphin Media Hubei Co., Ltd
本书经法国Bayard出版社授权，由湖北美术出版社独家出版发行。
版权所有，侵权必究。

策划 / 海豚传媒股份有限公司　网址 / www.dolphinmedia.cn　邮箱 / dolphinmedia@vip.163.com
咨询热线 / 027-87398305　销售热线 / 027-87396822
海豚传媒常年法律顾问/湖北立丰律师事务所　王清博士　邮箱/wangq007_65@sina.com